Marion Kemper

Tronche de cake

Photographies de Guillaume Czerw

Stylisme d'Emmanuel Renault

ISBN : 978-2-7540-1611-7
Dépôt légal : 1er trimestre 2010
Imprimé en France par Pollina, 85400 Luçon - n°L52328
Photos © Guillaume Czerw
Édition : Aurélie Starckmann
Conception graphique : Istria
Pictogramme © Pascale Etchecopar

Éditions First
60, rue Mazarine
75006 Paris – France
e-mail : firstinfo@efirst.com
Site internet : www.editionsfirst.fr

Sommaire

Introduction

Combien existe-t-il de recettes de cakes ? 100 ? 500 ? plus ? impossible à dire...

Rapide à faire et plus encore à déguster, il trouve sa place dans tous les repas de la journée, du petit déjeuner au dîner et même à l'apéritif. Car comment se lasser du cake, qui se mélange à tous les ingrédients, ne refuse aucune saveur, évolue avec les saisons et s'enrichit au fil des rencontres et des voyages ?

Pour réussir un cake, rien de plus facile ! D'ailleurs, l'un de vos premiers pas en cuisine n'est-il pas associé à un cake au yaourt ? Rappelez-vous cette saveur simple qui n'avait qu'un seul secret : ses bons ingrédients de base.

- Choisissez des œufs de bonne qualité : regardez sur la coquille la suite de chiffres et de lettres. Si elle commence par 0 (pour les œufs bio) ou 1, c'est bon. Par 2 ou 3... fuyez ! Élevage intensif garanti !
- Préférez des légumes et des fruits mûrs à point, ils n'en seront que plus parfumés.
- N'hésitez pas à remplacer le sempiternel « fromage râpé » par du comté, du beaufort, du fromage de brebis, bref, des fromages plus typés.

Généralement, un cake froid se révèle plus savoureux car les arômes ont eu le temps de se diffuser dans la pâte. Voilà une bonne nouvelle qui permet de préparer le cake à l'avance.

Vous trouverez toutes sortes de moules (petits, grands, antiadhésifs, en silicone, jetables…) pour mini cakes, chics et ludiques, ou grands cakes à partager.

Munissez-vous d'un saladier pour réunir tous les ingrédients, d'un fouet et d'une spatule type maryse qui vous facilitera grandement la vie pour mélanger puis racler le restant de pâte.

La cuisson dépend beaucoup de votre four et du moule utilisé. Il est prudent d'en vérifier la cuisson avant de le sortir du four. Pour cela, plantez un couteau au cœur du cake. La lame doit ressortir sèche, sans que la pâte ait adhéré.

Pour le démouler, 3 options s'offrent à vous :

- Beurrez le moule, farinez-le un peu. Secouez-le afin d'en recouvrir le fond et les bords puis retournez-le pour en faire tomber l'excédent. Pour plus de sécurité, déposez une feuille de papier sulfurisé dans le fond du moule. Il vous suffira de passer un couteau tout autour du cake et de le retourner.
- Utilisez un moule antiadhésif.
- Utilisez un moule en silicone. Mais attention : pensez à le déposer sur la grille du four *avant* d'y verser la pâte ! Sinon, le moule se plie en deux, la pâte déborde et se répand généralement sur le carrelage de la cuisine…

Voilà, vous savez tout. Alors, à votre moule… prêt ? Enfournez !

Cake au bacon, pruneaux et noix

bon marché • facile à réaliser • préparation : 25 min • cuisson : 35 min • pour 8 personnes

1 spatule ou 1 grande cuillère
1 fouet
1 saladier
1 moule à cake

150 g de bacon
150 g de pruneaux dénoyautés
40 g de cerneaux de noix
3 œufs
14 cl de lait
200 g de farine
1 sachet de levure
10 cl d'huile de tournesol
80 g de gruyère râpé
1 cuil. à café de sel
poivre

1 Préchauffez le four à 180 °C (th. 6). Dénoyautez les pruneaux et découpez-les en tout petits morceaux. Détaillez le bacon en lanières. Concassez grossièrement les noix.

2 Dans un saladier, cassez les œufs et fouettez-les avec le lait. Ajoutez le sel, du poivre, la farine et la levure. Fouettez puis versez l'huile petit à petit.

3 Ajoutez les pruneaux, les noix, le bacon et le fromage. Mélangez bien à l'aide d'une spatule ou d'une grande cuillère et versez la pâte dans le moule à cake.

4 Glissez-le au four et laissez cuire 35 minutes environ. Dégustez tiède ou froid.

variante

Mêlez pruneaux et abricots secs.

truc de cuisinier

Si vous ne trouvez pas de bacon, vous pouvez utiliser des lardons. Préférez-les fumés, plus goûteux.

Cake aux fèves et chorizo

bon marché • facile à réaliser • préparation : 25 min • cuisson : 45 min • pour 8 personnes

1 saladier - 1 fouet
1 spatule ou 1 grande cuillère
1 poêle
1 casserole - 1 passoire
1 moule à cake

4 petits oignons nouveaux avec leur tige bien verte
200 g de fèves surgelées épluchées
100 g de chorizo
3 œufs
10 cl de lait
180 g de farine
1 sachet de levure
75 g de parmesan râpé
75 g de fromage râpé
10 cl d'huile de tournesol
1 trait d'huile d'olive
sel - poivre

1 Préchauffez le four à 180 °C (th. 6). Lavez et coupez les racines et les tiges flétries des oignons. Émincez le tout finement. Faites chauffer de l'huile d'olive dans une poêle. Ajoutez les oignons, laissez dorer 1 minute puis ajoutez la moitié des tiges émincées. Laissez dorer encore 2 à 3 minutes à feu moyen. Retirez du feu.

2 Portez un grand volume d'eau à ébullition. Plongez les fèves encore gelées 3 minutes dans l'eau bouillante. Égouttez-les et passez-les sous l'eau froide. Coupez le chorizo en tout petits morceaux.

3 Dans un saladier, fouettez les œufs, le lait, salez, poivrez. Versez la farine et la levure, fouettez. Ajoutez le parmesan, fouettez puis versez l'huile. Fouettez doucement puis vivement.

4 Ajoutez le fromage râpé, les fèves et le chorizo et mélangez avec une spatule (sinon, tout se coince dans le fouet !) puis versez dans le moule. Glissez-le au four pour 45 minutes environ. Démoulez et laissez refroidir.

variante

Utilisez des petits pois et du chorizo fort.

truc de cuisinier

Pour en faire un cake semi-végétarien, séparez la pâte en 2 avant d'ajouter le chorizo. Dans l'une, mettez 50 g de chorizo et dans l'autre, 2 cuillères à soupe de thym frais et 1 bonne pincée de piment d'Espelette. Inclinez légèrement le moule. Versez la pâte au chorizo d'un côté, puis rapidement celle au thym de l'autre. Comme ça, tout le monde pourra profiter du cake !

Cake à la ratatouille

bon marché • facile à réaliser • préparation : 15 min • cuisson : 40 min • pour 8 personnes

1 spatule - 1 fouet
1 saladier - 1 poêle
1 moule à cake

250 g de ratatouille (un reste faite maison ou surgelée)
3 œufs - 180 g de farine
1 sachet de levure
12 cl d'huile végétale
100 g de gruyère râpé
4 cl de lait
1 c. à s. de thym - 1 c. à c. d'herbe de Provence
sel - poivre

Préchauffez le four à 180 °C (th. 6). Si la ratatouille est très liquide (ou si elle est surgelée), faites-la réduire dans une poêle à feu vif en mélangeant sans cesse afin de « l'assécher » un peu (sinon elle va détremper la pâte !).

Dans un saladier, fouettez les œufs avec le lait puis ajoutez la farine, la levure, 1 pincée de sel, les herbes et du poivre. Fouettez. Versez l'huile. Fouettez doucement puis vivement jusqu'à obtenir une pâte homogène.

Ajoutez la ratatouille à la pâte avec le gruyère. Mélangez le tout à l'aide d'une spatule.

Versez la pâte dans un moule à cake et enfournez pour 40 minutes environ. Laissez tiédir 5 minutes dans le moule, démoulez puis laissez complètement refroidir le cake avant de le déguster.

Petits cakes verts aux fèves

bon marché • facile à réaliser • préparation : 15 min • cuisson : 40 min • pour 8 personnes

1 saladier - 1 fouet - 1 spatule
1 casserole - 1 passoire
8 petits moules à cake

180 g de fèves surgelées
4 œufs - 5 cl de lait
12 cl d'huile d'olive
200 g de farine - 1 sachet de levure
1 c. à s. bombée de pesto
2 branches de basilic frais
40 g de parmesan fraîchement râpé
sel - poivre

Préchauffez le four à 180 °C (th. 6). Portez 1 litre d'eau à ébullition. Mettez-y les fèves et laissez-les cuire 3 minutes à reprise de l'ébullition. Égouttez-les. Lavez, effeuillez, séchez et émincez finement le basilic.

Dans un saladier, mélangez les œufs, le pesto, le basilic et le lait. Ajoutez la farine et la levure et mélangez. Ajoutez le parmesan puis l'huile. Fouettez bien jusqu'à ce que la pâte soit homogène. Salez, poivrez.

Ajoutez les fèves et mélangez. Versez cette pâte dans les moules. Lissez la surface et enfournez pour 40 minutes environ. Laissez reposer hors du four 5 minutes, démoulez et laissez refroidir sur une grille.

Cake pomme de terre-courgette

bon marché • facile à réaliser • préparation : 35 min • cuisson : 40 min • pour 8 personnes

1 spatule ou 1 grande cuillère
1 fouet
1 saladier
1 poêle
1 casserole
1 râpe
1 moule à cake

2 œufs
10 cl de lait
120 g de farine
1/2 sachet de levure
80 g de gruyère râpé
10 cl + 1 c. à s. d'huile végétale
1 belle courgette
1 petite carotte
4 petites pommes de terre
2 c. à s. de persil plat émincé ou de ciboulette
sel - poivre

1 Préchauffez le four à 180 °C (th. 6). Faites cuire les pommes de terre dans une casserole d'eau salée. Égouttez-les et laissez-les tiédir avant de les éplucher. Coupez le pédoncule de la courgette et découpez-la en petits cubes. Faites chauffer 1 cuillère à soupe d'huile dans une poêle. Ajoutez la courgette et faites-la cuire à feu vif 2 minutes en mélangeant. Retirez du feu. Lavez, épluchez puis râpez la carotte avec la râpe à gros trous.

2 Dans un saladier, fouettez les œufs avec le lait puis ajoutez la farine, la levure, 1 pincée de sel. Poivrez et fouettez vivement. Versez l'huile. Fouettez doucement puis vivement jusqu'à obtenir une pâte homogène.

3 Ajoutez le gruyère et le persil, mélangez à l'aide d'une spatule. Ajoutez les pommes de terre, la carotte et la courgette. Mélangez bien le tout.

4 Versez la pâte dans un moule à cake et glissez-le au four pour 40 minutes environ. Laissez tiédir 10 minutes dans le moule puis démoulez sur une grille. Servez tiède ou froid.

variante

Ajoutez des lardons ou des petits morceaux de roquefort.
Parfumez la pâte avec 1 cuillère à café d'épices type curry, garam masala ou ras-el-hanout.

truc de cuisinier

Choisissez une courgette bien ferme, brillante et de forme régulière. Si vous en trouvez de petites bien fines, prenez-en 3. Si vous aimez les morceaux, découpez la carotte en cubes et faites-les cuire 3 minutes dans de l'eau bouillante salée.

Cake à la française

bon marché • facile à réaliser • préparation : 25 min • cuisson : 35 min • pour 8 personnes

1 spatule ou 1 grande cuillère
1 fouet
1 saladier
1 moule à cake

3 œufs
12 cl de lait
200 g de farine
1 sachet de levure
9 cl d'huile de tournesol
80 g de fromage râpé
160 g de petits pois surgelés
4 à 5 petits oignons nouveaux avec leur tige bien verte
100 g de lardons
1 cuil. à café de sel
poivre

1 Préchauffez le four à 180 °C (th. 6). Coupez les racines et le vert des oignons et coupez très finement 2 à 3 tiges selon leur taille et leur fraîcheur (il vous en faudra environ 5 cuillères à soupe). Ôtez la première pelure des oignons puis hachez-les.

2 Dans un saladier, cassez les œufs et fouettez-les avec le lait. Ajoutez le sel, du poivre, la farine et la levure. Fouettez puis versez l'huile petit à petit.

3 Ajoutez les petits pois encore gelés, les lardons, le fromage, les oignons et leur vert. Mélangez bien à l'aide d'une spatule ou d'une grande cuillère et versez la pâte dans le moule à cake.

4 Enfournez et laissez cuire 35 minutes environ. Dégustez tiède ou froid.

variante

Vous pouvez remplacer les oignons nouveaux par des échalotes et de la ciboulette.

truc de cuisinier

Préférez des petits pois extra-fins et des lardons allumettes, souvent moins gras que les gros lardons.
Si vous n'aimez pas la saveur prononcée des oignons, n'hésitez pas à les faire revenir 2 minutes dans un peu d'huile.

Stalingrad
Jaurès
Louis Blanc
Magenta
Château Landon
Gare de l'Est
Château d'Eau
Jacques Bonsergent
Strasbourg St-Denis
Temple
Arts et Métiers
Bonne Nouvelle
Réaumur Sébastopol
Châtelet
Les Halles
Gare du Nord

Cake au poulet curry

bon marché • facile à réaliser • préparation : 35 min • cuisson : 45 min • pour 8 personnes

1 spatule
1 fouet
1 saladier
1 casserole
1 moule à cake

3 œufs

12,5 cl de lait

180 g de farine

1/2 sachet de levure

10 cl d'huile de tournesol

180 g de blanc de poulet

100 g de petit pois surgelés

1 cube de bouillon de volaille ou de légumes

1 cuil. à soupe de curry en poudre (plus ou moins selon la force du curry)

1 cuil. à café de sel + 1 pincée

1 Préchauffez le four à 180 °C (th. 6). Découpez le poulet en 3 morceaux. Faites chauffer 1/2 l d'eau avec le bouillon. Ajoutez le poulet et laissez-le cuire à feu moyen 10 minutes. Égouttez-le et déposez-le sur une assiette puis salez légèrement.

2 Dans un saladier, cassez les œufs et fouettez-les avec le lait. Ajoutez le curry, le sel, la farine et la levure. Fouettez puis versez l'huile petit à petit sans cesser de battre.

3 Détaillez le poulet cuit en petits morceaux et ajoutez-les, avec les petits pois, à la préparation précédente. Mélangez bien et versez la pâte dans le moule à cake.

4 Enfournez et laissez cuire 45 minutes environ. Laissez tiédir avant de démouler. Dégustez tiède ou froid.

variante

Transformez-le en cake indien en remplaçant la moitié des petits pois par des haricots verts et une carotte râpée et le curry par du garam masala, un mélange d'épices indiennes.

truc de cuisinier

Cuire le poulet dans le bouillon permet de le garder bien moelleux. Si vous utilisez des restes de poulet déjà cuit, rajouter 1 à 2 cuillères à soupe de lait ou de jus de poulet.

Cake au poulet et à l'estragon

bon marché • facile à réaliser • préparation : 35 min • cuisson : 40 min • pour 8 personnes

1 saladier - 1 fouet - 1 spatule
1 casserole
1 moule à cake

3 œufs - 12,5 cl de lait

180 g de farine - 1/2 sachet de levure

10 cl d'huile de tournesol

180 g de blanc de poulet

2 c. à s. de crème fraîche - 3 belles branches d'estragon

1 cube de bouillon de volaille ou de légumes

1 à 2 c. à s. de baies roses (facultatif) - 1 c. à c. de sel

poivre

Préchauffez le four à 180 °C (th. 6). Faites chauffer 50 cl d'eau avec le cube de bouillon. Ajoutez le poulet et laissez-le cuire à feu moyen 10 minutes. Égouttez-le et déposez-le sur une assiette. Salez légèrement et poivrez.

Dans un saladier, cassez les œufs et fouettez-les avec le lait et la crème. Ajoutez le sel, la farine et la levure. Mélangez puis versez l'huile petit à petit.

Lavez et séchez l'estragon. Effeuillez-le puis émincez-le finement. Détaillez le poulet cuit en petits morceaux et ajoutez-les, avec les baies roses et l'estragon, à la préparation précédente. Mélangez bien et versez la pâte dans le moule à cake.

Glissez-le au four et laissez cuire 40 minutes environ. Sortez du four, laissez tiédir 5 minutes dans le moule puis démoulez. Dégustez tiède ou froid.

Cake jambon-gruyère

bon marché • facile à réaliser • préparation : 20 min • cuisson : 35 min • pour 8 personnes

1 saladier - 1 fouet
1 spatule
1 moule à cake

3 œufs - 10 cl de lait

180 g de farine - 1 sachet de levure

12 cl d'huile

150 g de jambon en tranche épaisse

150 g de gruyère (ou comté, beaufort, etc.) râpé

2 c. à s. de moutarde à l'ancienne - poivre - sel

Préchauffez le four à 180 °C (th. 6). Découpez le jambon en cubes.

Dans un saladier, cassez les œufs et fouettez-les avec le lait et la moutarde. Ajoutez le sel, un peu de poivre, la farine et la levure. Fouettez puis versez l'huile petit à petit. Fouettez à nouveau.

Ajoutez le jambon et le fromage. Mélangez bien et versez la pâte dans le moule à cake.

Enfournez et laissez cuire 35 minutes environ. Sortez du four, laissez tiédir dans le moule puis démoulez.

Cake au saumon et aux algues

bon marché • facile à réaliser • préparation : 20 min • cuisson : 30 min • pour 8 personnes

1 saladier
1 fouet
1 spatule ou 1 grande cuillère
1 poêle
1 moule à cake

2 œufs
10 cl de lait
1 yaourt nature
180 g de farine
2 cuil. à café de levure
4 cuil. à café de wasabi
3 cuil. à soupe de graines de sésame
4 feuilles de nori (algues)
200 g de saumon frais sans peau
20 cl de crème fraîche épaisse
1 citron vert
sel

1 Préchauffez le four à 180 °C (th. 6). Faites légèrement griller les graines de sésame dans une poêle sans matière grasse. Découpez les algues en lanières. Rapez le zeste du citron vert.

2 Dans un saladier, fouettez les œufs, le lait, le yaourt, puis ajoutez la farine, la levure, du sel, 3 cuillères à café de wasabi, le zeste râpé et le sésame. Mélangez bien.

3 Découpez le saumon en lanières et tartinez-les du reste de wasabi. Versez la moitié de la pâte dans un moule à cake beurré. Parsemez d'algues puis recouvrez des morceaux de saumon. Parsemez à nouveau d'algues, recouvrez du reste de pâte.

4 Enfournez pour 30 minutes. Sortez du four, laissez tiédir le cake 10 minutes puis démoulez-le sur une grille. Dégustez-le tiède ou froid.

variante

Vous pouvez détailler le saumon en dés et en remplacer un peu par du saumon fumé. Pensez à acheter des chutes de saumon, moins chères et parfaites pour la cuisson.

truc de cuisinier

Ce cake peut s'accompagner d'une sauce à la crème citronnée : mélangez 20 cl de crème épaisse au zeste d'1 citron et au jus d'1/2 citron.

Cake au maïs et au piment d'Espelette

bon marché • facile à réaliser • préparation : 20 min • cuisson : 40 min • pour 8 personnes

1 spatule ou 1 grande cuillère
1 fouet
1 saladier
1 moule à cake

3 œufs
12 cl de lait
180 g de farine
1 sachet de levure
10 cl d'huile végétale
100 g de gruyère râpé
100 g de maïs
1 cuil. à soupe de piment d'Espelette
sel

1 Préchauffez le four à 180 °C (th. 6). Égouttez le maïs.

2 Dans un saladier, fouettez les œufs avec le lait puis ajoutez la farine, la levure, un peu de sel. Saupoudrez de piment d'Espelette et fouettez. Versez l'huile, fouettez doucement puis vivement.

3 Ajoutez le maïs à la pâte avec le gruyère. Mélangez le tout à l'aide d'une spatule ou d'une grande cuillère (sinon, tout reste coincé dans le fouet !).

4 Versez la pâte dans un moule à cake et glissez-le au four pour 40 minutes. Servez tiède ou froid.

variante

Ajoutez des lamelles de poivrons cuits au four ou des petits cubes revenus à la poêle.

truc de cuisinier

Originaire du Pays basque, le piment d'Espelette parfume et relève délicieusement tout ce qu'il touche. Il vient contraster ici avec la saveur douce et sucrée du maïs. Malgré son nom, il n'est pas très pimenté, rien à voir avec les piments !

Cake au saumon et aux asperges vertes

bon marché • facile à réaliser • préparation : 35 min • cuisson : 40 min • pour 8 personnes

1 spatule - 1 fouet
1 saladier - 1 fourchette
1 casserole
1 poêle - 1 râpe
1 moule à cake

6 asperges vertes
3 œufs
10 cl de lait
180 g de farine
1 sachet de levure
5 cl + 1 c. à s. d'huile de tournesol - 5 cl d'huile de courge
1 cuil. à soupe d'aneth
60 g de fromage de chèvre frais
1 pavé de saumon frais de 200 g
1 citron non traité
sel - poivre

1 Préchauffez le four à 180 °C (th. 6). Épluchez les asperges, coupez-les en tronçons et plongez les morceaux de tiges 5 minutes dans de l'eau bouillante salée. Égouttez-les. Faites chauffer 1 cuillère à soupe d'huile dans une poêle, ajoutez les pointes et les tiges d'asperges précuites et faites-les sauter 5 minutes à feu moyen. Retirez-les du feu.

2 Découpez le saumon en petits morceaux. Lavez et séchez le citron puis râpez-en le zeste. Pressez le jus d'une moitié.

3 Écrasez le chèvre à la fourchette. Dans un saladier, fouettez les œufs avec le lait puis ajoutez le chèvre, le zeste et le jus de citron. Fouettez avant de verser la farine, la levure, 1 pincée de sel et l'aneth. Poivrez et fouettez. Versez les huiles. Fouettez doucement puis vivement jusqu'à obtenir une pâte homogène.

4 Ajoutez le saumon et les asperges, mélangez délicatement à l'aide d'une spatule. Versez la pâte dans un moule à cake et glissez-le au four pour 40 minutes environ. Servez tiède ou froid.

variante

Vous pouvez ajouter des épices (curry, spéciales poisson, etc.) dans la pâte ou en saupoudrer les dés de saumon.
Si vous n'avez pas d'asperges, utilisez des haricots verts ou des fèves.

truc de cuisinier

Il n'est pas utile de précuire le saumon, qui cuira très bien dans le cake.

Cake crabe-ciboulette

coût moyen • facile à réaliser • préparation : 15 min • cuisson : 40 min • pour 8 personnes

1 spatule - 1 batteur électrique

1 saladier - 1 râpe

1 presse-agrume

1 moule à cake

3 œufs

180 g de farine - 1 sachet de levure - 200 g de crabe en boîte (ou de surimi)

1 petite noix de gingembre frais - 12 cl d'huile végétale

1 citron non traité - 100 g de fromage frais

quelques brins de ciboulette - sel - poivre

Préchauffez le four à 180 °C (th. 6). Égouttez la boîte de chair de crabe, puis effritez la chair et coupez les morceaux trop gros. Lavez, séchez puis émincez la ciboulette. Épluchez et émincez très finement le gingembre. Lavez et séchez le citron puis râpez-en le zeste. Pressez le jus.

Dans un saladier, à l'aide d'un batteur électrique, fouettez le fromage frais. Ajoutez les œufs, le jus et le zeste de citron, fouettez puis ajoutez la farine, la levure, 1 pincée de sel et du poivre. Fouettez vivement. Versez l'huile. Fouettez doucement puis vivement jusqu'à obtenir une pâte homogène.

Ajoutez à la pâte la chair de crabe, la ciboulette et le gingembre. Mélangez le tout à la spatule.

Versez la pâte dans un moule à cake et glissez-le au four pour 40 minutes environ. Servez tiède ou froid.

Cake aux endives, gouda et cumin

bon marché • facile à réaliser • préparation : 20 min • cuisson : 45 min • pour 8 personnes

1 fouet - 1 saladier

1 poêle

1 moule à cake

180 g de farine - 1 sachet de levure

3 œufs - 10 cl de lait

10 cl + 1 c. à s. d'huile végétale

150 g de gouda

2 endives

1 c. à s. de graines de cumin

1 c. à c. de sucre

1 c. à c. de sel - poivre

Préchauffez le four à 180 °C (th. 6). Émincez les endives en fines rondelles et faites-les cuire avec 1 cuillère à soupe d'huile dans une poêle à feu moyen et à couvert pendant 3 minutes en mélangeant de temps en temps. Ajoutez le sucre et poursuivez la cuisson 2 minutes à découvert.

Dans un saladier, fouettez les œufs avec le lait, le sel, du poivre, le cumin, la farine et la levure. Fouettez puis versez l'huile petit à petit. Battez à nouveau. Découpez le gouda en petits cubes. Ajoutez-le au mélange précédent avec les endives. Mélangez bien et versez la pâte dans le moule à cake.

Enfournez et laissez cuire 40 minutes environ. Sortez du four, laissez tiédir dans le moule puis démoulez.

Cake chèvre-courgette

bon marché • facile à réaliser • préparation : 20 min • cuisson : 45 min • pour 8 personnes

1 saladier
1 fouet
1 spatule ou 1 grande cuillère
1 poêle
1 moule à cake

3 œufs
150 g de farine
1 sachet de levure
12,5 cl de lait
8 cl + 2 c. à s. d'huile d'olive
100 g de gruyère râpé
200 g de chèvre en bûche
1 courgette ferme
1/2 bouquet de menthe
sel - poivre

1 Préchauffez le four à 180 °C (th. 6). Lavez, séchez et détaillez la courgette en morceaux pas trop gros, sans l'éplucher. Faites chauffer 2 cuillères à soupe d'huile dans une poêle. Jetez-y la courgette et laissez dorer à feu moyen pendant 5 minutes en mélangeant souvent.

2 Coupez la bûche de chèvre en morceaux. Effeuillez la menthe et émincez-la. Faites tiédir le lait.

3 Dans un saladier, fouettez les œufs, la farine et la levure. Salez, poivrez. Incorporez petit à petit le lait et enfin l'huile. Fouettez bien.

4 Ajoutez le gruyère râpé. Mélangez à l'aide d'une grande cuillère ou d'une spatule. Incorporez les morceaux de courgette et de chèvre ainsi que la menthe ciselée. Mélangez une dernière fois. Versez le tout dans un moule à cake et glissez-le au four pour 45 minutes.

variante

Remplacez la menthe par du cerfeuil.
Ajoutez des pignons ou quelques morceaux de jambon blanc, de reste de poulet, des lardons...

truc de cuisinier

Les bûchettes de chèvre sont parfaites pour cette recette.

Cake aux fines herbes

bon marché • facile à réaliser • préparation : 30 min • cuisson : 35 min • pour 8 personnes

1 fouet
1 saladier
1 couteau tranchant
1 poêle
1 spatule ou 1 grande cuillère
1 moule à cake

3 œufs
12 cl de lait
180 g de farine
1 sachet de levure
10 cl + 2 c. à s. d'huile d'olive
100 g de fromage râpé
2 oignons rouges
1/2 poignée de menthe
1/2 poignée de basilic
1/2 poignée de coriandre
1 poignée de ciboulette
1 poignée de persil
1 cuil. à café de sel
piment d'Espelette (facultatif)

1 Préchauffez le four à 180 °C (th. 6). Coupez les racines des oignons, épluchez-les et coupez-les en 2 avant de les émincer en demi-rondelles. Faites chauffer 2 cuillères à soupe d'huile d'olive dans une poêle. Ajoutez les oignons, couvrez et faites cuire 5 minutes en mélangeant de temps en temps. Retirez le couvercle et poursuivez un peu la cuisson. Les oignons doivent être bien tendres. Retirez-les de la poêle et laissez-les tiédir.

2 Lavez les fines herbes, séchez-les puis effeuillez-les. Hachez-les à l'aide d'un couteau bien tranchant.

3 Dans un saladier, cassez les œufs et fouettez-les avec le lait. Ajoutez le sel, un peu de piment d'Espelette (à défaut, du poivre), la farine et la levure. Fouettez à nouveau puis versez l'huile. Remuez doucement puis plus vivement jusqu'à obtenir une pâte homogène.

4 Ajoutez toutes les fines herbes, fouettez bien puis ajoutez le fromage et les oignons. Mélangez bien à l'aide d'une spatule ou d'une grande cuillère et versez la pâte dans le moule à cake. Glissez-le au four pour 35 minutes. Faites tiédir le cake dans le moule avant de le démouler et dégustez-le tiède ou froid.

variante

Mélangez les herbes que vous souhaitez. Attention : certaines herbes (comme l'estragon ou le thym) ont une saveur prononcée. Veillez à ne pas trop en mettre pour qu'elles ne prennent pas le dessus sur les autres herbes.
Rajoutez quelques crevettes ou des morceaux de thon.

truc de cuisinier

Vous pouvez aussi hacher les herbes en les déposant dans un verre et en les coupant avec une paire de ciseaux.

Cake aux légumes, thym et feta

bon marché • facile à réaliser • préparation : 20 min • cuisson : 45 min • pour 8 personnes

1 spatule
1 fouet
1 saladier
1 poêle
1 râpe
1 moule à cake

3 œufs
1 c. à s. bombée de crème fraîche épaisse
175 g de farine
1/2 sachet de levure
8 cl + 1 c. à s. d'huile d'olive
100 g de fromage râpé
150 g de feta
12 tomates cerises
1 courgette
1 c. à s. de thym séché
sel - poivre

1. Préchauffez le four à 180 °C (th. 6). Lavez la courgette, coupez les extrémités et râpez-la à la râpe à gros trous. Faites revenir la courgette râpée 4 minutes dans une poêle, avec 1 cuillère à soupe d'huile d'olive, à feu moyen. Coupez les tomates cerises en 2 (ou 4 si elles sont grosses), pressez-les afin d'enlevez les pépins. Découpez la feta en cubes.

2. Dans un saladier, fouettez les œufs avec la crème. Ajoutez la farine et la levure. Battez à nouveau. Salez, poivrez puis saupoudrez de thym. Versez l'huile et fouettez bien afin d'obtenir une pâte homogène.

3. Ajoutez alors le fromage râpé, la feta, les tomates. Mélangez bien à l'aide d'une spatule.

4. Versez dans un moule à cake et glissez-le au four pour 45 minutes. Laissez tiédir le cake 5 minutes, puis démoulez-le et dégustez-le tiède ou froid.

variante

Vous pouvez mettre des herbes de Provence et remplacer les tomates par de petits morceaux de tomates confites.

truc de cuisinier

Pressez les tomates cerises au-dessus d'un bol dans l'évier pour éviter les éclaboussures.

Cake chic au canard

bon marché • facile à réaliser • préparation : 25 min • cuisson : 40 min • pour 8 personnes

1 spatule - 1 fouet
1 saladier
1 moule à cake

3 œufs
12 cl de lait
180 g de farine
1 sachet de levure
5 cl d'huile végétale
100 g de gruyère râpé
100 g de foie gras
150 g de magret de canard
2 figues sèches (facultatif) - sel - poivre

Préchauffez le four à 180 °C (th. 6). Découpez le foie gras en cubes. Détaillez le magret en lamelles. Coupez les figues en tout petits morceaux.

Dans un saladier, fouettez les œufs avec le lait puis ajoutez la farine, la levure, 1 pincée de sel. Poivrez et battez vivement. Versez l'huile. Fouettez doucement puis vivement jusqu'à obtenir une pâte homogène.

Ajoutez le gruyère râpé et mélangez, puis le foie gras, le magret et les figues. Mélangez le tout délicatement à l'aide d'une spatule.

Versez la pâte dans un moule à cake et glissez-le au four pour 40 minutes environ. Laissez tiédir le cake 5 minutes dans le moule puis démoulez-le. Dégustez froid.

Cake à l'artichaut mariné

bon marché • facile à réaliser • préparation : 20 min • cuisson : 40 min • pour 8 personnes

1 spatule - 1 fouet
1 saladier - 1 râpe
1 moule à cake

3 œufs - 10 cl de lait
200 g de farine - 1 sachet de levure
80 g de parmesan
12 cl d'huile d'olive
200 g de cœurs d'artichauts à l'huile
1 dizaine de tomates confites
2 ou 3 c. à s. de pesto en pot - 2 à 3 c. à s. de pignons - 1 c. à c. de sel - poivre

Préchauffez le four à 180 °C (th. 6). Dans un saladier, fouettez les œufs avec le lait. Ajoutez la farine et la levure. Mélangez. Ajoutez le parmesan, le sel, du poivre et fouettez à nouveau. Versez l'huile d'olive et fouettez doucement puis plus vivement.

Égouttez et détaillez en petits morceaux les cœurs d'artichauts à l'huile et les tomates confites. Mettez les légumes dans le saladier et mélangez à l'aide d'une spatule.
Avec une petite cuillère, mélangez bien le pesto dans son pot. Versez la moitié de la pâte dans le moule. Prenez un peu de pesto et déposez-en un cordon sur la pâte. Parsemez d'un peu de pignons. Versez le reste de la pâte et saupoudrez de quelques pignons.

Enfournez pour 40 minutes environ. Laissez tiédir le cake dans le moule 5 minutes puis démoulez-le sur une grille et laissez refroidir.

Mini-cakes à l'italienne

bon marché • facile à réaliser • préparation : 20 min • cuisson : 20 à 25 min • pour 8 personnes

1 spatule
1 passoire
1 fouet
1 saladier
8 petits moules à cake

3 œufs

10 cl de lait

200 g de farine

1 sachet de levure

80 g de parmesan

12 cl d'huile d'olive

2 cuil. à soupe bombées de pesto

180 g de mozzarella

3 tomates ou 1 dizaine de tomates cerises

3 cuil. à soupe de pignons

1 cuil. à café de sel

poivre

1 Préchauffez le four à 180 °C (th. 6). Égouttez et coupez la mozzarella en petits morceaux. Coupez les tomates en 4, ou les tomates cerises en 2, enlevez les pépins en appuyant, avec vos doigts, au cœur des quartiers. Détaillez-les en petits morceaux et réservez-les dans une passoire.

2 Dans un saladier, fouettez les œufs avec le lait. Ajoutez la farine et la levure tamisées. Fouettez. Ajoutez le parmesan, le pesto, le sel, du poivre et fouettez à nouveau. Versez l'huile d'olive et mélangez doucement puis vivement.

3 Ajoutez les tomates, les pignons et la mozzarella. Mélangez à l'aide d'une spatule.

4 Répartissez la pâte dans les moules. Enfournez pour 20 à 25 minutes.

variante

Remplacez les tomates fraîches par des légumes marinés.

truc de cuisinier

Préférez la mozzarella di bufala qui est vraiment meilleure, certes plus chère mais plus goûteuse. Et si vos « boules » de fromage pèsent un peu plus que 180 g, ce n'est pas grave. Mettez tout dans le cake, il n'en sera que meilleur !

Vieste
Barletta
Trani
Molfetta
Andria
BARI
Mola di Bari
Bitonto
Gioia
del Colle
Altamura
Matera
Ginosa
Taranto
Pisticci
Metaponto
Policoro
Acri
Paola
Cosenza
Petilia
Policastro
Amantea
CALABRIA
Lamezia Terme
CATANZARO
Vibo
Capo Spartivento
Punta di Melito
di Porto Salvo
Taormina
Etna
Acireale

Cake à la pancetta, parmesan et roquette

bon marché • facile à réaliser • préparation : 20 min • cuisson : 35 min • pour 6 à 8 personnes

1 spatule
1 fouet
1 saladier
1 moule à cake

80 g de pancetta
2 poignées de roquette
50 g de parmesan
50 g de fromage râpé
3 œufs
4 cuil. à soupe de lait
150 g de farine
2 cuil. à café rases de levure
10 cuil. à soupe d'huile d'olive
2 cuil. à soupe de cumin en grains
sel - poivre

1 Préchauffez le four à 180 °C (th. 6). Découpez la pancetta en lamelles. Coupez les tiges de la roquette si elles sont grosses puis émincez grossièrement les feuilles.

2 Dans un saladier, fouettez les œufs avec le lait, le cumin et le parmesan. Ajoutez la farine, la levure, un peu de sel et du poivre. Fouettez. Versez l'huile. Remuez doucement puis vivement jusqu'à obtenir une pâte homogène.

3 Ajoutez la pancetta à la pâte avec la roquette et le fromage râpé. Mélangez le tout à l'aide d'une spatule.

4 Versez la pâte dans un moule à cake et glissez-le au four pour 35 minutes environ. Laissez tiédir dans le moule, démoulez. Dégustez tiède ou froid.

variante

Utilisez du lard fumé ou du jambon cru très fumé de la Forêt-Noire, par exemple.

truc de cuisinier

Salez plus ou moins selon le lard choisi. Certains le sont déjà très fortement. Si votre cake est trop salé, proposez-le avec un peu de fromage blanc de campagne ou de la faisselle.
Et s'il vous reste de la roquette, n'hésitez pas à en servir en accompagnement avec un filet d'huile d'olive et de vinaigre balsamique.

Cake au chèvre, noix et raisins

bon marché • facile à réaliser • préparation : 15 min • cuisson : 40 min • pour 8 personnes

1 spatule
1 fouet
1 saladier
1 moule à cake

- 3 œufs
- 10 cl de lait
- 180 g de farine
- 1 sachet de levure
- 12 cl d'huile végétale
- 80 g de gruyère râpé
- 200 g de chèvre en bûche
- 60 g de noix
- 50 g de raisins secs (de Corinthe)
- sel - poivre

1 Préchauffez le four à 180 °C (th. 6). Découpez le chèvre en morceaux.

2 Dans un saladier, fouettez les œufs avec le lait puis ajoutez la farine, la levure, 1 pincée de sel. Poivrez et fouettez vivement. Versez l'huile. Fouettez doucement puis vivement jusqu'à obtenir une pâte homogène.

3 Concassez les noix. Ajoutez-les à la pâte avec le gruyère, le chèvre et les raisins. Mélangez le tout.

4 Versez la pâte dans un moule à cake et glissez-le au four pour 40 minutes environ. Servez tiède ou froid.

variante

Essayez avec des abricots secs et des amandes effilées préalablement grillées quelques minutes dans une poêle antiadhésive.

truc de cuisinier

Faites tremper les raisins dans un peu d'eau tiède s'ils sont trop secs. Les raisins blonds sont plus moelleux mais souvent moins parfumés.

Cake à la feta, poivron et olives

bon marché • facile à réaliser • préparation : 35 min • cuisson : 40 min • pour 8 personnes

1 saladier - 1 fouet
1 spatule - 1 poêle
1 moule à cake

3 œufs
12,5 cl de lait
180 g de farine - 1 sachet de levure
8 cl + 3 c. à s. d'huile d'olive
80 g de gruyère râpé
2 poivrons rouges
160 g de feta
1 quinzaine d'olives noires dénoyautées - sel - poivre

Lavez les poivrons. Coupez tout autour du pédoncule afin de pouvoir le retirer. Coupez-les en 2, ôtez les graines et les parties blanches. Détaillez-les en lanières puis en petits cubes. Faites chauffer les 3 cuillères à soupe d'huile dans une poêle. Ajoutez les poivrons et laissez-les revenir à feu moyen 10 minutes environ, en mélangeant souvent. Déposez-les dans un plat et laissez-les tiédir. Préchauffez le four à 180 °C (th. 6). Coupez la feta en dés et les olives noires en petits morceaux.

Dans un grand saladier, battez les œufs et le lait. Salez, poivrez. Ajoutez la farine et la levure. Fouettez puis versez petit à petit l'huile. Fouettez à nouveau jusqu'à obtenir une pâte homogène. Ajoutez le gruyère râpé, les cubes de feta et les olives. Mélangez délicatement à l'aide d'une spatule ou d'une grande cuillère puis incorporez les poivrons. Versez la préparation dans un moule et glissez-le au four pour 40 minutes environ.

Cake normand

bon marché • facile à réaliser • préparation : 15 min • cuisson : 40 min • pour 8 personnes

1 spatule - 1 fouet
1 saladier - 1 économe
1 râpe - 1 moule à cake

100 g de pont-l'évêque (avec la croûte)
3 œufs - 12,5 cl de lait
180 g de farine - 1 sachet de levure
10 cl d'huile - 1 pomme
100 g de gruyère râpé
50 g de lardons
1 c. à s. de calvados - sel - poivre

Préchauffez le four à 180 °C (th. 6). Découpez le pont-l'évêque en morceaux.

Dans un saladier, fouettez les œufs avec le lait puis ajoutez la farine, la levure, un peu de sel. Poivrez et fouettez. Versez l'huile, remuez doucement puis vivement.

Lavez la pomme et râpez-la. Ajoutez-la à la pâte avec le gruyère, le pont-l'évêque, les lardons et le calvados. Mélangez le tout.

Versez la pâte dans un moule à cake et mettez-le au four pendant 40 minutes. Servez tiède ou froid.

CAKE

Carrot cake

bon marché • facile à réaliser • préparation : 20 min • cuisson : 45 min • pour 8 personnes

1 saladier
1 fouet
1 spatule ou 1 grande cuillère
1 râpe
1 économe
1 moule à cake

3 œufs
210 g de sucre
50 g de compote de pomme
1 cuil. à café rase de quatre-épices
180 g de farine
1 sachet de levure
14 cl d'huile végétale
220 g de carottes
50 g de cerneaux de noix
50 g de raisins secs

1 Préchauffez le four à 180 °C (th. 6). Lavez les carottes, coupez les extrémités, épluchez-les puis râpez-les. Concassez grossièrement les noix.

2 Dans un saladier, fouettez les œufs, le sucre et la compote. Ajoutez la farine, la levure, les épices et fouettez à nouveau. Versez l'huile dans la pâte. Remuez doucement (sinon l'huile va gicler partout !) puis vivement.

3 Ajoutez à la pâte les carottes, les noix, les raisins et mélangez puis versez dans le moule.

4 Glissez le cake au four et faites cuire 45 minutes environ. Laissez refroidir 15 minutes environ dans le moule puis démoulez sur une assiette. Laissez-le complètement refroidir avant de le déguster.

variante

Vous pouvez servir ce cake comme dans les pays anglo-saxons avec un glaçage très facile à réaliser, en mixant du fromage frais, du sucre glace et du jus de citron.

truc de cuisinier

Le quatre-épices est un mélange de poivre, muscade, girofle, cannelle, parfois gingembre ou piment. Vous le trouvez facilement au rayon des épices dans les grandes et moyennes surfaces. Si vous n'en avez pas, remplacez-le par de la cannelle.
La compote apporte du moelleux et évite d'ajouter trop de matière grasse.

Cake aux pommes et au romarin

bon marché • facile à réaliser • préparation : 25 min • cuisson : 40 min • pour 8 personnes

1 saladier
1 fouet
1 spatule ou 1 grande cuillère
1 économe
1 râpe
1 moule à cake

3 pommes
120 g de beurre
4 œufs
150 g de sucre
150 g de farine
1/2 sachet de levure
1 petite branche de romarin
1 citron non traité

1 Préchauffez-le four à 180 °C (th. 6). Faites fondre le beurre. Effeuillez le romarin et hachez-le aussi finement que possible. Il vous faut 1 belle cuillère à café de romarin frais (ou 1 cuillère à soupe s'il est sec).

2 Dans un saladier, fouettez le sucre et les œufs. Versez la farine et la levure. Fouettez puis ajoutez le beurre fondu et le romarin. Mélangez bien.

3 Lavez, séchez le citron et râpez-en le zeste. Épluchez les pommes, ôtez le cœur, les pépins et coupez-les en petits morceaux. Ajoutez-les à la pâte avec le zeste de citron. Mélangez à l'aide d'une spatule.

4 Beurrez un moule à cake, saupoudrez-le de sucre puis versez-y la pâte. Glissez le gâteau au four et faites-le cuire 40 minutes environ. Sortez-le du four, laissez-le refroidir dans le moule pour qu'il reste bien moelleux.

variante

Si vous n'aimez pas le romarin, ajoutez un peu de cannelle ou de badiane.

truc de cuisinier

Le gâteau sera encore plus moelleux si vous le dégustez le lendemain. Les arômes de romarin se seront développés.

Cake à l'huile d'olive

bon marché • facile à réaliser • préparation : 15 min • cuisson : 35 min • pour 8 personnes

1 saladier - 1 fouet
1 spatule - 1 batteur électrique
1 petite casserole
1 moule à cake

2 c. à s. bombées de fromage blanc (ou 1 yaourt)
140 g + 2 c. à s. de sucre
3 œufs - 240 g de farine
1 sachet de levure
14 cl d'huile d'olive
1 citron jaune non traité - 2 c. à s. de miel

Préchauffez le four à 180 °C (th. 6). Lavez le citron, râpez le zeste et pressez le jus. Dans une petite casserole, faites fondre les 2 cuillères à soupe de sucre dans le jus du citron. Si le miel est trop dur, faites-le fondre doucement.

À l'aide d'un batteur électrique, fouettez les œufs avec le fromage blanc, puis avec le sucre. Ajoutez le miel, le zeste de citron et fouettez à nouveau. Mettez alors la farine et la levure. Fouettez doucement puis vivement jusqu'à obtenir une pâte homogène. Versez l'huile d'olive, sans cesser de battre.

Versez la pâte dans un moule et enfournez pour 35 minutes environ.

Dès la sortie du four, badigeonnez le dessus du cake avec le jus de citron sucré. Laissez tiédir puis démoulez le cake. Dégustez froid.

Comme un pain d'épices

bon marché • assez facile à réaliser • préparation : 20 min • cuisson : 45 min • pour 8 personnes

2 saladiers - 1 fouet
1 spatule - 1 petite casserole
1 feuille de papier sulfurisé
1 moule à cake

300 g de farine - 50 g de sucre roux
2 c. à c. de mélange pour pain d'épices - 1 c. à c. de levure
1 c. à c. de bicarbonate - 1 grosse pincée de sel
13 cl de miel liquide - 60 g de beurre
200 g de bonne confiture d'orange - 13 cl d'eau

Préchauffez le four à 150 °C (th. 5). Dans un grand saladier, mélangez la farine, le sucre, les épices, la levure, le bicarbonate et le sel.

Si le miel n'est pas assez liquide, faites-le chauffer un peu (au micro-ondes ou dans une petite casserole). Faites fondre le beurre. Portez l'eau à la limite de l'ébullition.

Dans un autre saladier, versez le miel, l'eau chaude, la confiture d'orange et le beurre fondu. Mélangez doucement puis vivement. Ajoutez progressivement le mélange farine-levure du bol et fouettez jusqu'à ce que la pâte soit homogène.

Beurrez un moule à cake et chemisez-le (c'est-à-dire recouvrez l'intérieur du moule de papier sulfurisé, c'est important, voire obligatoire car la pâte à pain d'épices est très collante !). Versez la pâte dans le moule et enfournez pour 45 minutes.

Huile d'olive
Pain d'épices

Cake tatin

bon marché • assez facile à réaliser • préparation : 25 min • cuisson : 45 min • pour 8 personnes

1 saladier
1 fouet
1 spatule ou 1 grande cuillère
1 économe
1 casserole
1 moule à cake

2 pommes
3 œufs
150 g de beurre
150 g de sucre
180 g de farine
1 sachet de levure

Pour le caramel :
75 g de sucre

1 Préchauffez le four à 210 °C (th. 7). Épluchez les pommes, coupez-les en 4, ôtez le cœur et les pépins. Coupez encore chaque quartier en 2.

2 Préparez un caramel : dans une casserole, déposez les 75 g de sucre et 2 cuillères à soupe d'eau. Portez à ébullition sur feu vif et lorsque le sucre commence à colorer, mélangez jusqu'à ce qu'il prenne une belle couleur dorée. Versez-le immédiatement dans le moule à cake. Ajoutez les pommes sur le caramel.

3 Fouettez les œufs avec le lait et le sucre. Ajoutez la farine et la levure, fouettez vivement. Faites fondre le beurre puis versez-le dans la pâte. Mélangez une dernière fois.

4 Versez la pâte sur les pommes dans le moule et glissez-le au four pour 35 minutes environ.

variante

Utilisez des poires.

truc de cuisinier

Préférez des pommes qui se tiennent à la cuisson type reinette du Canada, reine des reinettes, golden. Servez avec une belle cuillère de crème fraîche ou une glace vanille.

Mini-cakes aux poires et gingembre confit

bon marché • facile à réaliser • préparation : 20 min • cuisson : 20 min • pour 6 personnes

1 saladier
1 fouet
1 spatule ou 1 grande cuillère
1 économe
6 petits moules à cake

1 petite poire
20 g de gingembre confit
1 œuf
65 g de sucre
30 g de beurre
150 g de crème fraîche épaisse
120 g de farine
3/4 de sachet de levure
sel

1 Préchauffez le four à 180 °C (th. 6). Faites fondre le beurre. Dans un saladier, fouettez l'œuf avec le sucre. Ajoutez la crème, 1 pincée de sel puis le beurre. Fouettez. Ajoutez la farine et la levure et fouettez à nouveau.

2 Détaillez le gingembre en très petits morceaux. Épluchez la poire, ôtez le cœur et découpez-la en petits morceaux.

3 Ajoutez poire et gingembre à la préparation et mélangez à l'aide d'une spatule ou d'une grande cuillère.

4 Répartissez la pâte dans les petits moules et glissez-les au four pour 20 minutes. Sortez-les du four et laissez reposer 5 à 10 minutes avant de démouler et de laisser complètement refroidir sur une grille.

variante

Remplacez le gingembre par des raisins secs.

truc de cuisinier

Le gingembre confit se trouve dans les magasins asiatiques mais aussi chez les traiteurs asiatiques, avec les desserts. 20 g équivalent à une grosse noix. Ajustez la cuisson selon la taille des moules.

Cake au miel et aux noix

bon marché • facile à réaliser • préparation : 20 min • cuisson : 40 min • pour 6 à 8 personnes

2 saladiers
1 fouet
1 spatule ou 1 grande cuillère
1 batteur électrique
1 moule à cake

4 œufs
70 g de sucre
4 cuil. à soupe de miel
180 g de beurre
230 g de farine
1 cuil. à café de levure
100 g de cerneaux de noix concassés
sel

1 Préchauffez le four à 180 °C (th. 6). Faites fondre le beurre. Séparez le blanc des jaunes d'œufs. Fouettez ensemble les jaunes d'œufs, le sucre et le beurre. Ajoutez le miel et fouettez à nouveau.

2 Versez la farine, la levure et 1 pincée de sel, mélangez.

3 Battez les blancs d'œufs en neige ferme puis incorporez-les délicatement à la pâte.

4 Ajoutez les noix, mélangez puis versez dans un moule à cake. Glissez-le au four et faites-le cuire 40 minutes environ.

variante

Remplacez le miel par du sirop d'érable.

truc de cuisinier

Si le miel n'est pas assez liquide, faites-le fondre un peu au bain-marie (c'est-à-dire dans un bol posé sur une casserole avec un peu d'eau frémissante) ou doucement au micro-ondes.
Préférez des noix biologiques ; vous éviterez ainsi le côté rance ou « ammoniaque » de certains cerneaux.

Cake au chocolat

bon marché • facile à réaliser • préparation : 15 min • cuisson : 35 min • pour 8 personnes

2 saladiers
1 fouet
1 spatule ou 1 grande cuillère
1 batteur électrique
1 moule à cake

30 g de cacao amer
2 œufs
60 g de beurre
35 g de farine
1 cuil. à café de levure
90 g de sucre roux
6 cl de crème fraîche liquide

Préchauffez le four à 160 °C (th. 5-6). Tamisez le cacao (qui a souvent des grumeaux). Faites fondre le beurre. Séparez le blanc des jaunes d'œufs.

Dans un saladier, fouettez les jaunes d'œufs avec le sucre, puis la crème. Ajoutez la farine, la levure, le cacao et remuez à nouveau. Versez le beurre dans la pâte. Fouettez doucement puis vivement.

Battez les blancs en neige ferme puis incorporez-les délicatement au mélange au chocolat. Versez la pâte dans le moule.

Glissez le cake au four et faites-le cuire 35 minutes. Laissez-le refroidir dans le moule avant de le servir nature ou avec une crème anglaise, par exemple.

Cake à la pistache et fleur d'oranger

bon marché • facile à réaliser • préparation : 15 min • cuisson : 40 min • pour 8 personnes

1 saladier - 1 fouet
1 robot ménager
1 moule à cake

100 g de pistaches émondées et non salées
2 œufs - 110 g de beurre
150 g de farine
1 sachet de levure
130 g de sucre
2 cuil. à soupe bombées de fromage blanc ou 1 yaourt
4 cuil. à soupe d'eau de fleur d'oranger

Préchauffez le four à 180 °C (th. 6). Déposez les pistaches dans le bol d'un robot avec 1 cuillère à soupe de farine et mixez afin de les concasser.

Dans un saladier, fouettez les œufs et le yaourt, puis ajoutez le sucre et la fleur d'oranger. Fouettez à nouveau avant d'ajouter la farine restante et la levure. Fouettez. Versez le beurre fondu dans la pâte. Remuez doucement puis vivement jusqu'à obtenir une pâte homogène. Ajoutez les pistaches concassées puis versez dans le moule.

Glissez le cake au four et faites-le cuire 40 minutes environ. Laissez tiédir 10 minutes dans le moule puis démoulez. Laissez le cake complètement refroidir avant de le déguster.

Cake orange

bon marché • facile à réaliser • préparation : 20 min • cuisson : 40 min • pour 8 personnes

1 saladier
1 fouet
1 spatule ou 1 grande cuillère
1 râpe
1 presse-agrume
1 moule à cake

1 orange (non traitée ou bio)
3 œufs
160 g de sucre
160 g de farine
1/2 sachet de levure
150 g de beurre
1 cuil. à soupe de Grand Marnier ou de Cointreau
2 cuil. à soupe d'oranges confites

1 Préchauffez le four à 180 °C (th. 6). Lavez l'orange et séchez-la. À l'aide d'une râpe, râpez finement le zeste de l'orange et pressez son jus.

2 Dans un saladier, fouettez les œufs et le sucre. Ajoutez la farine, la levure et fouettez à nouveau. Faites fondre le beurre et ajoutez-le petit à petit dans la pâte. Remuez doucement puis vivement.

3 Versez le jus de l'orange et le Grand Marnier. Ajoutez le zeste, fouettez. Si les oranges confites ne sont pas déjà taillées en petits cubes, faites-le puis mettez-en les 3/4 dans la pâte.

4 Versez la pâte dans le moule, parsemez du reste d'oranges confites puis glissez le cake au four et faites-le cuire 40 minutes environ.

variante

Essayez avec 2 petits citrons ou 1 pamplemousse, le résultat sera plus acidulé.

truc de cuisinier

Servez ce cake avec une salade d'oranges : pelez à vif (c'est-à-dire en coupant l'écorce et la peau blanche) 5 oranges puis détaillez-les en rondelles. Déposez-les dans un saladier, ajoutez 2 cuillères à soupe de sucre et, si vous aimez, un peu d'eau de fleur d'oranger.

Mini-cakes au cœur chocolat

bon marché • facile à réaliser • préparation : 15 min • cuisson : 15 à 20 min • pour 8 à 10 personnes

2 saladiers
1 fouet
1 spatule ou 1 grande cuillère
8 ou 10 petits moules à cake

100 g de chocolat
2 cuil. à soupe de crème fraîche liquide
2 œufs
120 g de sucre
1 sachet de sucre vanillé
4 cuil. à soupe de lait
200 g de farine
1/2 sachet de levure
160 g de beurre

1 Préchauffez le four à 210 °C (th. 7). Cassez le chocolat afin d'obtenir des carrés. Faites-les fondre au micro-ondes puis ajoutez la crème. Mélangez bien afin d'avoir une crème onctueuse.

2 Dans un autre saladier, fouettez les œufs avec les sucres et le lait. Ajoutez la farine et la levure. Fouettez vivement. Faites fondre le beurre puis versez-le dans la pâte. Mélangez une dernière fois.

3 Remplissez chaque mini-moule à moitié. Déposez 1 cuillère à café de chocolat fondu au milieu puis recouvrez d'un peu de pâte afin de remplir les moules aux 3/4.

4 Enfournez pour 15 à 20 minutes environ.

variante

Essayez avec du chocolat noir aux noisettes, au lait aux amandes, aux éclats de caramel ou de café, à l'orange, etc.

truc de cuisinier

Vous pouvez concasser un peu de chocolat et en parsemer le dessus de chaque cake.

Cake marbré au Nut'

bon marché • facile à réaliser • préparation : 10 min • cuisson : 40 min • pour 8 personnes

2 saladiers - 1 fouet
1 spatule
1 moule à cake

3 belles cuillère à soupe de pâte à tartiner au chocolat
3 œufs
1 pot de yaourt - 3 pots de farine
2 pots de sucre - 1 sachet de sucre vanillé
1/2 pot d'huile végétale
1/2 sachet de levure
1 pincée de sel

Préchauffez le four à 180 °C (th. 6). Cassez les œufs dans un saladier. Ajoutez le yaourt, mélangez puis versez les sucres, le sel et fouettez vivement.

Ajoutez la farine et la levure, fouettez. Versez l'huile. Mélangez d'abord doucement puis plus vivement.

Séparez la pâte en 2. Versez-en une moitié dans un deuxième saladier. Ajoutez dans l'un la pâte à tartiner au chocolat. Mélangez bien. Versez la pâte nature dans le moule puis recouvrez de la pâte au chocolat, ou alternez nature et chocolat afin d'obtenir des marbrures.

Enfournez pour 40 minutes environ. Laissez tiédir 10 minutes puis démoulez sur une grille. Laissez refroidir.

Cake à la banane

bon marché • facile à réaliser • préparation : 15 min • cuisson : 40 min • pour 8 personnes

1 saladier - 1 fourchette
1 fouet - 1 assiette creuse
1 spatule - 1 moule à cake

3 bananes mûres
2 œufs
100 g de beurre
200 g de farine
1 sachet de levure
125 g de sucre roux
1/2 cuil. à café de vanille liquide

Préchauffez le four à 180 °C (th. 6). Épluchez les bananes et écrasez-les à l'aide d'une fourchette dans l'assiette creuse. Faites fondre le beurre.

Dans un saladier, fouettez les œufs, le sucre et la vanille. Ajoutez la farine, la levure et fouettez à nouveau. Versez le beurre dans la pâte. Remuez doucement puis vivement.

Ajoutez à la pâte les bananes écrasées, mélangez puis versez dans le moule. Glissez le cake au four et faites cuire 40 minutes environ. Laissez refroidir 15 minutes environ dans le moule puis démoulez sur une assiette. Laissez-le complètement refroidir avant de le déguster.

Cake aux quetsches et farine d'épeautre

bon marché • facile à réaliser • préparation : 20 min • cuisson : 40 min • pour 6 à 8 personnes

1 saladier
1 fouet
1 spatule ou 1 grande cuillère
1 moule à cake

250 g de quetsches
60 g de sucre roux
2 œufs
4 cuil. à soupe de lait
130 g de farine d'épeautre
2 cuil. à café rases de levure
60 g de beurre
cassonade

1 Préchauffez le four à 180 °C (th. 6). Lavez, séchez puis coupez les quetsches en 2. Retirez les noyaux.

2 Dans un saladier, fouettez les œufs, le sucre et le lait. Ajoutez la farine, la levure et fouettez à nouveau. Faites fondre le beurre et ajoutez-le petit à petit dans la pâte. Remuez doucement puis vivement.

3 Beurrez un moule à cake et saupoudrez-le de cassonade.

4 Ajoutez les fruits dans la pâte, mélangez peu et délicatement puis versez immédiatement dans le moule. Glissez le cake au four, baissez la température à 170 °C (th. 5-6) et faites cuire 40 minutes environ.

variante

Utilisez des mirabelles.

truc de cuisinier

La farine d'épeautre possède un goût particulier et donne à vos cakes un côté rustique. Riche en protéines, vitamines et minéraux, son gluten est généralement mieux toléré que celui du blé. Vous pouvez en atténuer la saveur en la mêlant à de la farine de blé. La pâte sera juste moins typée. La saison des quetsches est courte mais on en trouve des surgelées.

Cake d'automne

bon marché • facile à réaliser • préparation : 20 min • cuisson : 45 min • pour 8 personnes

1 saladier
1 fouet
1 spatule ou 1 grande cuillère
1 économe
1 râpe
1 moule à cake

200 g de mirabelles
1 grosse pomme
1 poire
160 g de sucre roux ou de cassonade
3 œufs
180 g de farine
1 sachet de levure
150 g de beurre
1/2 cuil. à café de cannelle

1 Préchauffez le four à 180 °C (th. 6). Dans un saladier, fouettez les œufs et le sucre. Ajoutez la farine, la levure, la cannelle et fouettez à nouveau. Faites fondre le beurre et ajoutez-le petit à petit dans la pâte. Remuez doucement puis vivement.

2 Lavez et séchez les fruits. Épluchez la pomme et la poire, puis coupez-les en 4. Ôtez le cœur et les pépins. Coupez la poire en petits morceaux. Râpez la pomme à la râpe à gros trous. Coupez les prunes en 2, ôtez le noyau puis coupez-les encore en 2 ou 3 selon leur taille.

3 Ajoutez les fruits à la pâte, mélangez peu et délicatement puis versez immédiatement dans le moule.

4 Glissez le cake au four et faites-le cuire 45 minutes environ. Laissez tiédir 10 minutes dans le moule puis démoulez sur une grille. Laissez refroidir le cake avant de le déguster.

variante

Remplacez les mirabelles par d'autres prunes, notamment les quetsches très goûteuses. Vous pouvez ajouter des noix… c'est également la saison, en automne !

truc de cuisinier

Râpée, la pomme apporte du moelleux. Si vous n'avez pas de râpe, découpez-la en petits morceaux. La cassonade donne une saveur plus typée.

Mini-cakes au thé vert

bon marché • facile à réaliser • préparation : 15 min • cuisson : 15 à 20 min • pour 8 personnes

1 saladier
1 fouet
1 spatule ou 1 grande cuillère
1 râpe
8 petits moules à cake

2 œufs
4 cuil. à soupe de lait
120 g de sucre
130 g de farine
1/2 sachet de levure
50 g de beurre
7 cl d'huile d'olive
1 citron bio ou non traité
1 cuil. à café de thé vert en poudre (matcha)

1 Préchauffez le four à 180 °C (th. 6). Dans un saladier, fouettez les œufs avec le lait et le sucre.

2 Lavez, séchez le citron puis, à l'aide d'une râpe, râpez-en le zeste au-dessus du saladier. Pressez une cuillerée à soupe de jus de citron et versez-la dans le saladier. Ajoutez la farine, le thé, la levure. Fouettez vivement.

3 Faites fondre le beurre puis versez-le, avec l'huile, sur le mélange précédent. Remuez doucement puis plus vivement afin de bien incorporer les matières grasses.

4 Versez la pâte dans les petits moules et glissez-les au four pour 15 à 20 minutes.

variante

Faites chauffer le lait. Ajoutez 1 bonne cuillère à soupe ou 1 sachet de thé earl grey ou de thé fumé et laissez infuser pendant que vous préparez la pâte, ou plus si vous avez le temps. Retirez le sachet en le pressant bien ou filtrez le lait afin d'enlever les feuilles de thé.

truc de cuisinier

Veillez à ne pas râper la partie blanche du citron qui est amère.

Cake énergie

bon marché • facile à réaliser • préparation : 15 min • repos : 15 min • cuisson : 50 min • pour 8 personnes

2 saladiers - 1 fouet
1 spatule - 1 moule à cake

100 g de céréales aux fibres (type All-Bran® nature) en bâtonnets

25 cl de lait - 2 œufs

125 g de farine semi-complète - 1 sachet de levure - 75 g de sucre roux

80 g de mélange de fruits secs (figues, dattes, abricots, etc.) - 100 g d'écorces d'oranges confites

1 c. à c. de cannelle - 1 pincée de sel

Dans un saladier, fouettez les œufs avec le sucre puis ajoutez le lait et les céréales.

Découpez les écorces d'oranges en cubes. Mélangez la farine, la levure, le sel et la cannelle puis ajoutez-les dans le saladier. Fouettez bien. Fouettez doucement puis vivement.

Ajoutez les fruits secs et les écorces d'oranges, mélangez à l'aide d'une spatule et laissez reposer 15 minutes. Pendant ce temps, préchauffez le four à 180 °C (th. 6).

Versez la pâte dans un moule à cake et faites cuire au four 50 minutes environ. Laissez tiédir dans le moule au moins 15 minutes avant de démouler. Dégustez-le froid, ou mieux, le lendemain.

Cake au chocolat et au whisky

bon marché • facile à réaliser • marinade : 2 h minimum • préparation : 20 min • cuisson : 35 min • pour 8 personnes

2 saladiers - 1 fouet
1 spatule
1 moule à cake

200 g de chocolat

150 g de beurre

100 g de sucre

3 œufs

200 g de farine

1 sachet de levure

3 c. à s. de whisky

2 c. à s. de raisins secs

Déposez les raisins dans un saladier, recouvrez-les de whisky et laissez-les gonfler au moins 2 heures. La veille pour le lendemain, c'est encore mieux.

Préchauffez le four à 180 °C (th. 6). Coupez le beurre en petits morceaux. Faites fondre le chocolat au bain-marie ou au micro-ondes à puissance douce. Lorsqu'il est presque fondu, ajoutez le beurre. Remuez sans cesse jusqu'à ce qu'il soit fondu.

Dans un autre saladier, battez les œufs avec le sucre. Ajoutez la farine et la levure. Fouettez. Versez alors le mélange au chocolat et les raisins imbibés, et mélangez une dernière fois jusqu'à obtenir une pâte homogène. Versez la préparation dans le moule à cake et enfournez pour 35 minutes environ.

Cake aux fruits rouges ou jaunes

bon marché • facile à réaliser • préparation : 20 min • cuisson : 45 min • pour 8 personnes

1 saladier
1 fouet
1 spatule ou 1 grande cuillère
1 moule à cake

300 g de fruits rouges ou jaunes mélangés frais ou surgelés
3 œufs
150 g de sucre roux
150 g de beurre
180 g de farine
1 sachet de levure
cassonade

1 Préchauffez le four à 180 °C (th. 6). Si les fruits sont frais, lavez-les, séchez-les, triez ou enlevez les noyaux selon les fruits. Coupez les plus gros en morceaux d'1 à 2 cm. S'ils sont surgelés, laissez-les au congélateur.

2 Dans un saladier, fouettez les œufs et le sucre. Ajoutez la farine, la levure et fouettez à nouveau. Faites fondre le beurre et ajoutez-le petit à petit dans la pâte. Remuez doucement puis vivement.

3 Beurrez un moule à cake et saupoudrez-le de cassonade.

4 Ajoutez les fruits dans la pâte, mélangez peu et délicatement, puis versez immédiatement dans le moule. Glissez le cake au four, baissez la température à 170 °C (th. 5-6) et faites-le cuire 45 minutes environ. Laissez tiédir 15 minutes dans le moule puis démoulez sur une grille. Laissez refroidir avant de déguster.

variante

Remplacez 50 g de farine par de la poudre d'amandes et saupoudrez le dessus de quelques amandes effilées.

truc de cuisinier

En matière de fruits, tout est possible. Préférez-les mûrs, donc plus sucrés, car ils auront plus de goût.
Le sucre roux apporte une saveur plus « rustique » à ce cake mais vous pouvez très bien utiliser du sucre en poudre classique. Un peu de vergeoise (sucre brun foncé) donnera encore une saveur différente.

Cake à l'abricot et aux amandes

bon marché • facile à réaliser • préparation : 10 min • cuisson : 40 min • pour 8 personnes

1 saladier
1 batteur électrique
1 spatule ou 1 grande cuillère
1 moule à cake ou à manqué

8 beaux abricots
3 œufs
1 pot de yaourt
2 pots de sucre
1 pot de poudre d'amandes
2 cuil. à soupe d'amandes effilées
1 sachet de sucre vanillé
2 pots de farine
1/2 sachet de levure
1/2 pot d'huile végétale
1 pincée de sel

1 Préchauffez le four à 180 °C (th. 6). Lavez et ôtez le noyau des abricots, coupez-les en morceaux.

2 Cassez les œufs dans un saladier. Ajoutez le yaourt, mélangez puis versez les sucres, la poudre d'amandes, 1 pincée de sel et fouettez vivement. Ajoutez la farine et la levure, fouettez. Versez l'huile. Mélangez d'abord doucement puis plus vivement.

3 Ajoutez les abricots et les amandes effilées, mélangez à l'aide d'une spatule puis versez la pâte dans un moule à cake ou à manqué.

4 Glissez-le au four pour 40 minutes environ. Laissez tiédir, démoulez sur une grille puis laissez refroidir avant de déguster.

variante

Hors saison, vous pouvez ajouter des abricots secs que vous aurez préalablement fait gonfler dans un peu d'eau.

truc de cuisinier

Passez les amandes effilées quelques minutes sous le gril du four afin de les faire torréfier. Cela relève les arômes. Attention à ne pas les laisser trop brunir, elles deviendraient amères.

Cake aux cerises et à la ricotta

bon marché • facile à réaliser • préparation : 15 min • cuisson : 50 min à 1 h • pour 8 personnes

1 saladier
1 batteur électrique
1 bol
1 spatule ou 1 grande cuillère
1 feuille de papier aluminium ou sulfurisé
1 moule à cake

250 g de cerises dénoyautées, fraîches ou surgelées
200 g de ricotta
3 œufs
10 cl de lait
160 g de sucre
250 g de farine
1 sachet de levure
10 cl d'huile végétale

1 Préchauffez le four à 180 °C (th. 6). Déposez la ricotta dans un saladier et fouettez-la à l'aide d'un batteur électrique pour la détendre. Ajoutez les œufs puis le lait et fouettez jusqu'à obtenir une consistance homogène. Ajoutez le sucre. Fouettez à nouveau.

2 Ajoutez la farine et la levure. Remuez. Versez alors l'huile petit à petit et fouettez jusqu'à obtenir une pâte lisse.

3 Ajoutez le tiers des cerises, fraîches ou encore gelées, mélangez rapidement à l'aide d'une spatule et répartissez la pâte dans le moule. Ajoutez le reste des cerises, enfoncez-les légèrement dans la pâte.

4 Enfournez pour 50 minutes à 1 heure en couvrant le cake d'une feuille de papier aluminium ou sulfurisé en milieu de cuisson pour éviter qu'il ne colore trop. Laissez-le tiédir 10 minutes dans le moule puis démoulez-le. Dégustez froid.

variante

Remplacez les cerises par le zeste d'1 beau citron non traité et saupoudrez le dessus du cake avec un peu de cassonade.

truc de cuisinier

Il est important de bien vérifier la cuisson de ce cake qui aura tendance à cuire plus longtemps que les autres du fait de l'humidité apportée par la ricotta. Cerises ou griottes, les deux font l'affaire !

Cake nectarine et groseilles

bon marché • facile à réaliser • préparation : 25 min • cuisson : 35 min • pour 8 personnes

1 saladier
1 fouet
1 spatule
1 moule à cake

150 g de groseilles
1 nectarine
3 œufs
125 g de sucre
150 g de farine
1 sachet de levure
125 g de beurre

Préchauffez le four à 180 °C (th. 6). Égrenez les groseilles. Coupez la nectarine en petits morceaux.

Fouettez les œufs et le sucre. Ajoutez la farine et la levure. Fouettez vivement. Faites fondre le beurre puis versez-le dans la pâte. Remuez doucement puis plus rapidement jusqu'à obtenir une pâte homogène.

Ajoutez les fruits, mélangez peu et délicatement afin de ne pas les abîmer.

Versez la pâte dans le moule et glissez-le au four pour 35 minutes environ.

Cake aux myrtilles et farine de châtaigne

bon marché • facile à réaliser • préparation : 20 min • cuisson : 45 min • pour 8 personnes

1 saladier - 1 fouet
1 spatule
1 moule à cake

250 g de myrtilles surgelées
3 œufs
150 g de sucre roux
100 g de farine - 80 g de farine de châtaigne
1 sachet de levure
150 g de beurre
cassonade

Préchauffez le four à 170 °C (th. 5-6).

Dans un saladier, fouettez les œufs et le sucre. Ajoutez les farines, la levure et fouettez à nouveau. Faites fondre le beurre et ajoutez-le à la pâte. Remuez doucement puis vivement.

Beurrez un moule à cake et saupoudrez-le de cassonade.

Ajoutez les myrtilles dans la pâte, mélangez peu et délicatement, puis versez immédiatement dans le moule. Glissez le cake au four et faites-le cuire 45 minutes environ. Laissez tiédir 15 minutes dans le moule puis démoulez sur une grille. Laissez refroidir avant de déguster.

PARIS

Cake framboise-coco

bon marché • facile à réaliser • préparation : 25 min • cuisson : 35 min • pour 8 personnes

1 saladier
1 fouet
1 spatule ou 1 grande cuillère
1 moule à cake

3 œufs
125 g de sucre
150 g de farine
1 sachet de levure
125 g de beurre
150 g de framboises
40 g de noix de coco râpée

1. Préchauffez le four à 180 °C (th. 6). Lavez et triez les framboises.

2. Fouettez les œufs et le sucre. Ajoutez la farine et la levure. Fouettez vivement. Faites fondre le beurre au micro-ondes ou au bain-marie puis versez-le dans la pâte. Remuez doucement puis plus rapidement jusqu'à obtenir une pâte homogène.

3. Incorporez la noix de coco râpée, puis ajoutez les fruits, mélangez peu et délicatement afin de ne pas les abîmer.

4. Versez la pâte dans le moule et glissez-le au four pour 35 minutes environ.

variante

Vous pouvez remplacer les framboises par de la mangue ou de l'ananas selon les saisons. Un fruit de la passion apportera croquant (avec ses petites graines) et acidité.

truc de cuisinier

Si vous utilisez des framboises surgelées, ajoutez-les encore gelées à la pâte.

Cake au pavot et au citron vert

bon marché • facile à réaliser • préparation : 25 min • cuisson : 35 min • pour 6 à 8 personnes

1 saladier
1 fouet
1 spatule ou 1 grande cuillère
1 râpe
1 presse-agrume
1 moule à cake
1 grande assiette ou du papier sulfurisé

40 g de graines de pavot bleu
120 g de beurre
150 g de sucre en poudre
100 g de sucre glace
2 œufs
180 g de farine
1/2 sachet de levure
2 cuil. à soupe de crème fraîche liquide
2 citrons verts

1 Préchauffez le four à 180 °C (th. 6). Faites fondre le beurre et mélangez-le avec le sucre en poudre. Ajoutez les œufs, la crème et fouettez vivement.

2 Lavez, séchez 1 citron et râpez son zeste au-dessus de la pâte. Mettez alors la farine, la levure, le pavot et mélangez jusqu'à obtenir une pâte homogène.

3 Versez dans un moule. Enfournez pour 35 minutes environ.

4 Sortez le cake du four, laissez-le tiédir 5 minutes dans le moule. Pendant ce temps, préparez le glaçage. Pressez le jus des 2 citrons puis mélangez-en les 3/4 avec le sucre glace. Démoulez le cake, déposez-le sur une grille (elle-même posée sur une grande assiette ou un papier sulfurisé) et versez le glaçage sur le cake. Laissez refroidir.

variante

Si vous ne trouvez pas de citrons verts, utilisez des jaunes. Si vous n'aimez pas les glaçages, proposez ce cake avec une compote de fruits rouges ou exotiques, selon la saison.

truc de cuisinier

Les citrons verts n'ont pas beaucoup de jus en général. Il vous faudra certainement le jus des 2 citrons pour préparer le glaçage.

Cake dragées-framboises

coût peu élevé • facile à réaliser • préparation : 25 min • cuisson : 50 min • pour 8 personnes

1 saladier - 1 bol
1 fouet
1 spatule ou 1 grande cuillère
1 rouleau à pâtisserie
1 fourchette
1 moule à cake

100 g de mascarpone
100 g de beurre
140 g de sucre
2 œufs
10 cl de lait
320 g de farine
2 cuil. à café rases de levure
75 g de dragées
180 g de framboises

1 Préchauffez le four à 180 °C (th. 6). Mettez les dragées dans un torchon ou un sac en plastique épais et cassez-les grossièrement à l'aide d'un rouleau à pâtisserie. Détendez (c'est-à-dire rendez-le un peu plus souple) le mascarpone en le fouettant à l'aide d'une fourchette.

2 Faites fondre le beurre au micro-ondes (ou dans une casserole). Dans un saladier, cassez les œufs et fouettez-les avec le sucre et le mascarpone puis versez le lait et le beurre. Ajoutez la farine et la levure et mélangez vivement.

3 Incorporez délicatement les framboises et les morceaux de dragées. Ne mélangez pas trop pour ne pas abîmer les framboises.

4 Versez dans un moule à cake et glissez-le au four pour 50 minutes environ.

variante

Ce cake est également délicieux avec des abricots que vous aurez coupés en petits morceaux.

truc de cuisinier

Si vous n'avez pas de dragées, utilisez des amandes et rajoutez 2 sachets de sucre vanillé.

Index

Cakes salés

Cakes sucrés

Infos mesures

	1 cuil. à café rase	1 cuil. à soupe rase
Mesures canadiennes	1 teaspoon (tsp)	1 tablespoon (TBSP) - ½ oz
Farine	5 g	15 g
Sucre	6 g	20 g
Liqueur	0,5 cl ou un trait	1,5 cl
Fécule	5 g	15 g
Vin / eau	0,5 cl	1,5 cl

Collection Toquades de First

Pour tous les toqués de cuisine !

Mini-cocottes & Co

Mini-vapeur

Mini verres, maxi délices !

Mon p'tit bistrot

Papillote surprise

Petites crèmes
et tiramisus !

Recettes pour bébé

Slunch

So crumble !

Soirée mousse

Soupes !

Sublimes terrines

Sur un air de cappuccino

Sushi & sa chimie

Tatins renversantes

Ultra-fondant

Un amour de dîner

Un parfum de tajine

Verrines
frisson garanti !

Verrines jolies, jolies

Verrines qui friment

Wok'n roll

Yaourts tout doux